1

王国的新画师

2

饕餮海

3

深水王子

王国的新画师

很久很久以前，有一个王国叫无故事王国，它一直没有故事。其实对于一个王国而言，没有故事是最好的，没有故事的王国中的人民是最幸福的，因为故事就意味着曲折和灾难。

无故事王国有一个贤明的国王、一个善良的王后和一群正直能干的大臣，还有勤劳朴实的人民。王国的生活像镜面一样平静，昨天像今天，今天像明天，去年像今年，今年像明年，一直没有故事。

直到王子和公主长大。

国王有两个儿子，分别是深水王子和冰沙王子，还有一个女儿：露珠公主。

深水王子小时候去了饕餮海中的墓岛上，再也没有回来，原因后面再讲。

冰沙王子在父王和母后身边长大，但也让他们深深忧虑。这孩子很聪明，但从小就显示出暴虐的品性。他让仆役们从王宫外搜集许多小动物，他就和这些小动物玩帝国游戏，他自封为皇帝，小动物们为臣民，臣民们都是奴隶，稍有不从就砍头，往往游戏结束时小动物们都被杀了，冰沙就站在一地鲜血中狂笑不已……王子长大后性格收敛了一些，变得沉默寡言，目光阴沉。国王知道这只是狼藏起了獠牙，冰沙心中有一窝冬眠的毒蛇，在等待着苏醒的机会。国王终于决定取消冰沙王子的王位继承权，由露珠公主继承王位，无故事王国在未来将有一位女王。

假如父王和母后传给后代的美德是有一个定量的，那冰沙王子缺少的部分一定都给了露珠公主。公主聪明善良，且无与伦比地美丽，她在白天出来太阳会收敛光辉，她在夜晚散步月亮会睁大眼睛，她一说话百鸟会停止鸣唱，她踏过的荒地会长出绚丽的花朵。露珠成为女王必定为万民拥戴，大臣们也会全力辅佐，就连冰沙王子对此也没有说什么，只是目光更阴沉了。

于是，无故事王国有了故事。

国王是在他的六十寿辰这一天正式宣布这一决定的。在这个庆典之夜，夜空被焰火装点成流光溢彩的花园，灿烂的灯火几乎把王宫照成透明的水晶宫殿，在欢歌笑语中，美酒如河水般流淌……

每一个人都沉浸在幸福快乐中，连冰沙王子那颗冰冷的心似乎也被融化，他一改往日的阴沉，恭顺地向父王祝寿，愿他的生命之光像太阳一样永远照耀王国。他还赞颂父王的决定，说露珠公主确实比自己更适合成为君主。他祝福妹妹，希望她多多向父王学习治国本领，以备将来担当重任。

他的真诚和善意让所有的人为之动容。

“吾儿，看到你这样我真是高兴。”国王抚着王子的头说，“真想永远留住这美好的时光。”

于是有大臣建议，应该制作一幅巨型油画，把庆典的场景画下来，挂在宫殿中以资纪念。

国王摇摇头，“我的画师老了，世界在他昏花的老眼中已蒙上了雾霭，他颤抖的老手已绘不出我们幸福的笑容。”

“我正要说这个，”冰沙王子对国王深深鞠躬，“我的父王，我正要献给您一位新画师。”

王子说完对后面示意了一下，新画师立刻走了进来。这是一个大男孩，看上去也就十四五岁的样子，裹着一件修士的灰色斗篷，在这金碧辉煌的宫殿和珠光宝气的宾客中像一只惊恐的小老鼠。他走路时，已经很瘦小的身子紧缩成一根树枝一般，仿佛时时躲避着身边看不见的荆刺。

国王看着眼前的画师显得有些失望，“他这么年轻，能掌握那高深的技巧吗？”

王子再次鞠躬，“我的父王，他叫针眼，从赫尔辛根默斯肯来，是空灵大画师最好的学生。他自五岁起就跟大画师学画，现已学了十年，深得空灵画师的真传。他对世界的色彩和形状，就像我们对烧红的烙铁一样敏感，这种感觉通过他如神的画笔凝固在画布上，除了空灵画师，他举世无双。”

王子转向针眼画师，“作为画师，你可以直视国王，不算无礼。”

针眼画师抬头看了一眼国王，立刻又低下了头。

国王有些吃惊，“孩子，你的目光很锐利，像烈焰旁出鞘的利剑，与你的年龄极不相称。”

针眼画师第一次说话了：“至高无上的国王，请宽恕一个卑微画师的冒犯。这是一个画师的眼睛，他要先在心里绘画，我已经把您，还有您的威严和贤明一起画在心里，我会画到画里的。”

“你也可以看王后。”王子说。

针眼画师看了一眼王后，低下头说：“最最尊敬的王后，请宽恕一个卑微画师的冒犯。我已经把您，还有您的高贵和典雅一起画在心里，我会画到画里的。”

“再看看公主，未来的女王，你也要画她。”

针眼画师看露珠公主的时间更短，如闪电般看了一眼后就低头说：“最最受人景仰的公主，请宽恕一个卑微画师的冒犯。您的美丽像正午的阳光刺伤了我，我第一次感到了自己画笔的无力，但我已经把您，还有您无与伦比的美丽一起画在心里，我会画到画里的。”

然后王子又让针眼画师看看大臣们。他挨着看了，目光在每个人的身上只停留一瞬间，最后低下头说：“最最尊敬的大人们，请宽恕一个卑微画师的冒犯。我已经把你们，还有你们的才能和智慧一起画在心里，我会画到画里的。”

盛宴继续进行，冰沙王子把针眼画师拉到宫殿的一个角落，低声问道：“都记住了吗？”

针眼画师头低低的，脸全部隐藏在斗篷帽的阴影里，使那件斗篷看上去仿佛是空的，里面只有黑影没有躯体。“记住了，我的王。”

“全记住了？”

“我的王，全记住了，即使给他们每人的每根头发和汗毛各单画一幅特写，我都能画得真真切切分毫不差。”

宴会到后半夜才结束，王宫中的灯火渐渐熄灭。这正是黎明前最黑暗的时候，月亮已经西沉，乌云自西向东，像帷幕一样遮住了夜空，大地像是浸在墨汁中一般。一阵阴冷的寒风吹来，鸟儿在巢中颤抖，花儿惊惧地合上了花瓣。

有两匹快马像幽灵一般出了王宫，向西方奔驰而去，骑在马上的分别是冰沙王子和针眼画师。他们来到了距王宫十多里的一处幽深的地堡中。这里处于夜之海的最深处，潮湿阴森，像一个沉睡着的冷血巨怪的腹腔。两人的影子在火炬的光芒中摇曳，他们的身躯只是那长长影子末端的两个黑点。针眼画师拆开一幅画，那画有一人高，他把包画的帆布掀开后让王子看。这是一位老人的肖像，老人的白发和白须像银色的火焰包围着头脸，他的眼神很像针眼画师，但锐利中多了一份深沉，这画显示出画师高超的技艺，纤毫毕现，栩栩如生。

“我的王，这是我的老师，空灵大画师。”

王子打量着画，点点头说：“你先把他画出来是明智的。”

“是的，我的王，以免他先把我画出来。”针眼画师说着，小心翼翼地把画挂到潮湿的墙上，“好了，我现在可以为您作新画了。”

针眼画师从地堡的一个暗角抱出一卷雪白的东西，“我的王，这是赫尔辛根默斯肯的雪浪树的树干，这树百年长成后，它的树干就是一大卷纸，上好的画纸啊！我的画只有画在雪浪纸上才有魔力。”他把树干纸卷放到一张石桌上，拉出一段纸来，压在一大块黑曜石石板下，然后用一把锋利的小匕首沿石板把压着的纸切下，掀开石板后，那张纸已经平平展展地铺在石桌上，它一片雪白，仿佛自己会发光似的。然后画师从帆布包中拿出各种绘画工具，“我的王，看这些画笔，是用赫尔辛根默斯肯的狼的耳毛做的。这几罐颜料也都来自赫尔辛根默斯肯，这罐红的，是那里巨蝙蝠的血；黑的，是那里深海乌贼的墨汁；蓝的和黄的，都是从那里的古老陨石中提取的……这些都要用一种叫月毯的大鸟的眼泪来调和。”

“赶快画画吧。”王子不耐烦地说。

“好的，我的王，先画谁呢？”

“国王。”

针眼画师拿起画笔开始作画。他画得很随意，用不同的色彩这里点一点，那里画一道，画纸上的色彩渐渐多了起来，但看不出任何形状，就像把画纸暴露在一场彩色的雨中，五彩的雨滴不断滴到纸面上。画面渐渐被色彩填满，一片纷繁迷乱的色彩，像被马群践踏的花园。画笔继续在这色彩的迷宫中游走，仿佛不是画师在运笔，而是画笔牵着他的手游移。王子在旁边疑惑地看着，他想提问，但画面上色彩的涌现和聚集有一种催眠作用，让他着迷。突然，几乎是在一瞬间，就像波光粼粼的水面被冻结一样，所有的色块都有了联系，所有的色彩都有了意义，形状出现了，并很快变得精细清晰。

王子现在看到，针眼画师画的确实是国王，画面上的国王就是他在宴会上看到的装束，头戴金色的王冠，身穿华丽的礼服，但表情大不相同，国王的目光中没有了威严和睿智，而是透出一种极其复杂的东西，如梦初醒、迷惑、震惊、悲哀……藏在这一切后面的是来不及浮现的巨大恐惧，就像看到自己最亲密的人突然拔剑刺来的那一瞬间。

“我的王，画完了，我把国王画到画里了。”针眼画师说。

“你把他画到画里了，很好。”王子看着国王的画像满意地点点头，他的眸子中映着火把的火光，像灵魂在深井中燃烧。

在十几里外的王宫中，在国王的寝室里，国王消失了。在那张床腿是四个天神雕像的大床上，被褥还有他身体的余温，床单上还有他压出的凹印，但他的躯体消失得无影无踪。

王子把已完成的画从石桌上拿起扔到地上，“我会把这幅画装裱起来，挂在这里的墙上，没事的时候经常来看一看。下面画王后吧。”

针眼画师又用黑曜石石板压平了一张雪浪纸，开始画王后的肖像。这次王子没有站在旁边看，而是来回踱步，空旷的地堡中回荡着单调的脚步声。这次画师作画的速度更快，只用了画上幅画一半的时间就完成了。

“我的王，画完了，我把王后画到画里了。”

“你把她画到画里了，很好。”

在王宫中，在王后的寝室里，王后消失了。在那张床腿是四个天使雕像的大床上，被褥还有她身体的余温，床单上还有她压出的凹印，但她的躯体消失得无影无踪。

在宫殿外面的深院中，一只狼犬觉察到了什么，狂吠了几声，但它的叫声立刻被无边的黑暗吞没，它自己也在前所未有的恐惧中沉默了，缩到角落不住地颤抖着，与黑暗融为一体。

“该画公主了吧？”针眼画师问。

“不，等画完了大臣们再画她，大臣们比她危险。当然，只画那些忠于国王的大臣，你应该记得他们的样子吧？”

“当然，我的王，全记住了，即使给他们每人的每根头发和汗毛各画一幅特写……”

“好了，快画吧，天亮前画完。”

“没问题，我的王，天亮前我会把忠于国王的大臣，还有公主，都画到画里。”

针眼画师一次压平了好几张雪浪纸，开始疯狂作画。他每完成一幅画，画中的人就从睡榻上消失。随着黑夜的流逝，冰沙王子要消灭的人一个接一个变成了挂在地堡墙上的画像。

露珠公主在睡梦中被一阵敲门声惊醒，那声音又急又响，从来没有人敢这样敲她的门。她从床上起身，来到门前时看到宽姨已经把门打开了。

宽姨是露珠的奶妈，一直照顾她长大，公主与她建立的亲情甚至超过了生母王后。宽姨看到门外站着王宫的卫队长，他的盔甲还带着外面暗夜的寒气。

“你太无礼了！竟敢吵醒公主？！她这几天一直失眠睡不好觉！”

卫队长没有理会宽姨的责骂，只是向公主匆匆敬礼，“公主，有人要见你！”然后闪到一边，露出他身后的人，那是一位老者，白发和白须像银色的火焰包围着头脸，他的目光锐利而深沉，他就是针眼画师向王子展示的第一幅画中的人。他的脸上和斗篷上满是尘土，靴子覆满泥巴，显然是长途跋涉而来。他背着一个硕大的帆布袋，但奇怪的是打着一把伞，更奇怪的是他打伞的方式：一直不停地转动着伞。细看一下伞的结构，就知道他这样做的原因：那把伞的伞面和伞柄都是乌黑色，每根伞骨的末端都固定着一只小圆球，是某种半透明的石头做成的，有一定的重量。可以看到伞里面几根伞撑都折断了，无法把伞支撑起来，只有让伞不断转动，把伞骨末端的小石球甩起来，才能把伞撑开。

“你怎么随便让外人进来，还是这么个怪老头？！”宽姨指着老者责问道。

“哨兵当然没让他进王宫，但他说……”卫队长忧虑地看了一眼公主，“他说国王已经没了。”

“你在说什么？！你疯了吗？”宽姨大喊，公主仍没有作声，只是双手抓紧了胸前的睡袍。

“但国王确实不见了，王后也不见了，我派人看过，他们的寝室都是空的。”

公主短促地惊叫了一声，一手扶住宽姨好让自己站稳。

老者开口了：“尊敬的公主，请允许我把事情说清楚。”

“让老人家进来，你守在门口。”公主对卫队长说。

老者转着伞，对公主鞠躬，似乎对于公主能够这么快镇静下来心存敬意。

“你转那把伞干什么？你是马戏团的小丑吗？”宽姨说。

“我必须一直打着这把伞，否则也会像国王和王后一样消失。”

“那就打着伞进来吧。”公主说，宽姨把门大开，以便让老者举伞通过。

老者进入房间后，把肩上的帆布袋放到地毯上，疲惫地长出一口气，但仍转着黑伞，伞沿的小石球在烛光中闪亮，在周围的墙壁上投映出一圈旋转的星光。

“我是赫尔辛根默斯肯的空灵画师，王宫里新来的那个针眼画师是我的学生。”老者说。

“我见过他。”公主点点头说。

“那他见过你吗？他看过你吗？”空灵画师紧张地问。

“是的，他当然看过我。”

“糟透了，我的公主，那糟透了！”空灵画师长叹一声，“他是个魔鬼，掌握着魔鬼的画技，他能把人画到画里。”

“真是废话！”宽姨说，“不能把人画到画里那叫画师吗？”

空灵画师摇摇头，“不是那个意思，他把人画到画里后，人在外面就没了，人变成了死的画。”

“那还不快派人找到他杀了他？！”

卫队长从门外探进头来说：“我派全部的卫队去找了，找不到。我原想去找军机大臣，他可以出动王宫外的禁卫军搜查，可这个老人家说军机大臣此时大概也没了。”

空灵画师又摇摇头，“禁卫军没有用，冰沙王子和针眼可能根本就不在王宫里，针眼在世界上任何地方作画，都能杀掉王宫中的人。”

“你说冰沙王子？”宽姨问。

“是的，王子要以针眼画师作武器，除掉国王和忠诚于他的人，夺取王位。”

空灵画师看到，公主、宽姨和门口的卫队长对他的话似乎都没感到意外。

“还是先考虑眼前的生死大事吧！针眼随时可能把公主画出来，他可能已经在画了。”

宽姨大惊失色，她一把抱住公主，似乎这样就能保护她。

空灵画师接着说：“只有我能除掉针眼，现在他已经把我画出来了，但这把伞能保护我不消失，我只要把他画出来，他就没了。”

“那你就在这里画吧！”宽姨说，“让我替你打伞！”

空灵画师又摇摇头，“不行，我的画只有画在雪浪纸上才有魔力，我带来的纸还没有压平，不能作画。”

宽姨立刻打开画师的帆布包，从中取出一截雪浪树的树干，树干已经刮了外皮，露出白花花的纸卷来。宽姨和公主从树干纸卷上抽出一段纸，纸面现出一片雪白，房间里霎时亮了许多。她们试图在地板上把纸压平，但不管怎样努力，只要一松手，那段纸就弹回原状又卷了回去。

画师说：“不行的，只有赫尔辛根默斯肯的黑曜石石板才能压平雪浪纸，那种黑曜石石板很稀有，我只有一块，让针眼偷走了！”

“这纸用别的东西真的弄不平吗？”

“弄不平的，只有用赫尔辛根默斯肯的黑曜石石板才能压平，我本来是希望能够从针眼那里夺回它的。”

“赫尔辛根默斯肯，黑曜石？”宽姨一拍脑袋，“我有一个熨斗，只在熨公主最好的晚礼服时才用，就是赫尔辛根默斯肯出产的，是黑曜石的！”

“也许能用。”空灵画师点点头。

宽姨转身跑出去，很快拿着一个乌黑锃亮的熨斗进来了。她和公主再次把雪浪纸从纸卷中拉出一段，用熨斗在地板上压住纸的一角，压了几秒钟后松开，那一角的纸果然压平了。

“你来给我打伞，我来压！”空灵画师对宽姨说。在把伞递给她的时候，他嘱咐道，“这伞要一直转着打开，一合上我就没了！”看到宽姨把伞继续旋转着打开举在他的头顶，他才放心地蹲下用熨斗压纸，只能一小块一小块地挨着压。

“不能给这伞做个伞撑吗？”公主看着旋转的伞问。

“我的公主，以前是有伞撑的。”空灵画师边埋头用熨斗压纸边说，“这把黑伞的来历很不寻常。从前，赫尔辛根默斯肯的其他画师也有这种画技，除了人，他们也能把动物和植物画到画里。但有一天，飞来了一条渊龙，那龙通体乌黑，既能在深海潜游，又能在高空飞翔，先后有三个大画师画下了它，但它仍然在画外潜游和飞翔。后来，画师们筹钱雇了一名魔法武士，武士用火剑杀死了渊龙，那场搏杀使赫尔辛根默斯肯的大海都沸腾了。渊龙的尸体大部分都被烧焦了，我就从灰堆中收集了少量残骸，制成了这把伞。伞面是用渊龙的翼膜做的，伞骨、伞柄和伞撑都是用它的乌骨做成，伞沿的那些宝石，其实是从渊龙已经烧焦的肾中取出的结石。这把伞能够保护打着它的人不被画到画里。后来伞骨断了，我曾用几根竹棍做了伞撑，但发现伞的魔力竟消失了，拆去新伞撑后，魔力又恢复了。后来试验用手在里面撑开伞也不行，伞中是不能加入任何异物的，可我现在已经没有渊龙的骨头了，只能这样打开伞……”

这时房间一角的钟敲响了，空灵画师抬头看看，已是凌晨，天快亮了。他再看看雪浪纸，压平的一段从纸卷中伸了出来，平铺在地板上不再卷回去，但只有一掌宽的一条，远不够绘一幅画的。他扔下熨斗，长叹一声。

“来不及了，我画出画来还需要不少时间，来不及了，针眼随时会画完公主，你们——”空灵画师指指宽姨和卫队长，“针眼见过你们吗？”

“他肯定没见过我。”宽姨说。

“他进王宫时我远远地看到过他，但我想他应该没看见我。”卫队长说。

“很好，”空灵画师站起身来，“你们俩护送公主去饕餮海，去墓岛找深水王子！”

“可……即使到了饕餮海，我们也上不了墓岛的，你知道海里有……”

“到了再想办法吧，只有这一条生路了。天一亮，所有忠于国王的大臣都会被画到画里，禁卫军将被冰沙控制，他将篡夺王位，只有深水王子能制止他。”

“深水王子回到王宫，不是也会被针眼画到画里吗？”公主问。

“放心，不会的，针眼画不出深水王子。深水是王国中针眼唯一画不出来的人，很幸运，我只教过针眼西洋画派，没有向他传授东方画派。”

公主和其他两人都不太明白空灵画师的话，但老画师没有进一步解释，只是继续说：“你们一定要让深水回到王宫，杀掉针眼，并找到公主的画像，烧掉那幅画，公主就安全了。”

“如果也能找到父王和母后的画像……”公主拉住空灵画师急切地说。

老画师缓缓地摇摇头，“我的公主，来不及了，他们已经没有了，他们现在就是那两幅画像了，如果找到不要毁掉，留作祭奠吧。”

露珠公主被巨大的悲痛压倒，她跌坐在地上掩面痛哭起来。

“我的公主，现在不是哀伤的时候，要想为国王和王后复仇，就赶快上路吧！”老画师说着，转向宽姨和卫队长，“你们要注意，在找到并毁掉公主的画像之前，伞要一直给她打着，一刻都不能离开，也不能合上。”他把伞从宽姨手中拿过来，继续转动着，“伞不能转得太慢，那样它就会合上；也不能太快，因为这伞年代已久，转得太快会散架的。黑伞有灵气，如果转得慢了，它会发出像鸟叫的声音，你们听，就是这样——”老画师把伞转得慢了些，伞面在边缘那些石球的重量下慢慢下垂，这时能听到它发出像夜莺一样的叫声，伞转得越慢声音越大。老画师重新加快了转伞的速度，鸟鸣声变小消失了。“如果转得太快，它会发出铃声，就像这样——”老画师继续加快转伞的速度，能听到一阵由小到大的铃声，像风铃，但更急促，“好了，现在快把伞给公主打上。”他说着，把伞又递给宽姨。

“老人家，我们俩一起打伞走吧。”露珠公主抬起泪眼说。

“不行，黑伞只能保护一个人，如果两个被针眼画出的人一起打伞，那他们都会死，而且死得更惨：每个人的一半被画入画中，一半留在外面……快给公主打伞，拖延一刻危险就大一分，针眼随时可能把她画出来！”

宽姨看看公主，又看看空灵画师，犹豫着。

老画师说：“是我把这画技传授给那个孽种，我该当此罪。你还等什么？想看着公主在你面前消失？！”

最后一句话令宽姨颤抖了一下，她立刻把伞移到公主上方。

老画师抚着白须从容地笑起来，“这就对了，老夫绘画一生，变成一幅画也算死得其所。我相信那个孽种的技艺，那会是一幅精致好画的……”

空灵大画师的身体渐渐变得透明，然后像雾气一般消失了。

露珠公主看着老画师消失的那片空间，喃喃地说：“好吧，我们走，去饕餮海。”

宽姨对门口的卫队长说：“你快过来给公主打伞，我去收拾一下。”

卫队长接过伞后说：“要快些，现在外面都是冰沙王子的人了，天亮后我们可能出不了王宫。”

“可我总得给公主带些东西，她从来没有出过远门，我要带她的斗篷和靴子，她的好多衣服，她喝的水，至少……至少要带上那块赫尔辛根默斯肯出产的好香皂，公主只有用那香皂洗澡才能睡着觉……”宽姨唠唠叨叨地走出房间。

半个小时后，在初露的曙光中，一辆轻便马车从一个侧门驶出王宫，卫队长赶着车，车上坐着露珠公主和给她打伞的宽姨，他们都换上了平民装束。马车很快消失在远方的雾霭中。

这时，在那个阴森的地堡中，针眼画师刚刚完成露珠公主的画像，他对冰沙王子说，这是他画过的最美的一幅画。

饕餮海

出了王宫后，卫队长驾车一路狂奔。三个人都很紧张，他们感觉在未尽的夜色里，影影绰绰掠过的树木和田野中充满危险。天亮了一些后，车驶上了一个小山冈，卫队长勒住马，他们向来路眺望。王国的大地在他们下面铺展开来，他们来的路像一条把世界分成两部分的长线，线的尽头是王宫，已远在天边，像被遗失在远方的一小堆积木玩具。没有看到追兵，显然冰沙王子认为公主已经不存在了，被画到了画中。

以后他们可以从容地赶路了。在天亮的过程中，周围的世界就像是一幅正在绘制中的画，开始只有朦胧的轮廓和模糊的色彩，后来，景物的形状和线条渐渐清晰精细，色彩也丰富明快起来。在太阳升起前的一刹那，这幅画已经完成。常年深居王宫的公主从来没有见过这样大块大块的鲜艳色彩：森林草地和田野的大片绿色、花丛的大片鲜红和嫩黄、湖泊倒映着的清晨天空的银色、早出的羊群的雪白……太阳升起时，仿佛绘制这幅画的画师抓起一把金粉豪爽地撒向整个画面。

“外面真好，我们好像已经在画中呢。”公主赞叹道。

“是啊，公主，可在这幅画里你活着，在那幅画中你就死了。”打伞的宽姨说。

这话又让公主想起了已经离去的父王和母后，但她抑制住了眼泪，她知道自己现在再也不是一个小女孩，她应该担当起王国的重任了。

他们谈起了深水王子。

“他为什么被流放到墓岛上？”公主问。

“人们都说他是怪物。”卫队长说。

“深水王子不是怪物！”宽姨反驳道。

“人们说他是巨人。”

“深水不是巨人！他小的时候我还抱过他，他不是巨人。”

“等我们到海边你就会看到的，他肯定是巨人，好多人都看到了。”

“就算深水是巨人，他也是王子，为什么要流放到岛上？”公主问。

“他没有被流放，他小时候坐船去墓岛上钓鱼，正好那时饕餮鱼在海上出现，他就回不来了，只好在岛上长大。”

……

太阳升起后，路上的行人和马车渐渐多起来。由于公主以前几乎没有出过王宫，所以人们都不认识她，但尽管她现在还戴着面纱，只露出两只眼睛，看到她的人仍惊叹她的美丽。人们也称赞驾车的小伙子的孔武英俊，笑话那个老妈妈为她的美丽女儿打着的那把奇怪的伞和她那奇怪的打伞方式。好在没有人质疑伞的用途，今天阳光灿烂，人们都以为这是遮阳伞。

不知不觉到了中午，卫队长用弓箭射了两只兔子做午餐。三人坐在路边树丛间的空地上吃饭。露珠公主摸着身旁柔软的草地，嗅着青草和鲜花的清香，看着阳光透过树叶投在草地上的光斑，听着林中的鸟鸣和远处牧童的笛声，对这个新世界充满了好奇和惊喜。

宽姨却长叹一声，“唉，公主啊，离开王宫这么远，真让你受罪了。”

“我觉得外面比王宫好。”公主说。

“我的公主哇，外面哪有王宫里好？你真是不知道，外面有很多难处呢，现在是春天，冬天外面会冷，夏天会热，外面会刮风下雨，外面什么样的人都有，外面……”

“可我以前对外面什么都不知道。我在王宫里学音乐，学绘画，学诗歌和算术，还学着两种谁都不说的语言，可没人告诉我外面是什么样子，我这样怎么能统治王国呢？”

“公主，大臣们会帮你的。”

“能帮我的大臣都被画到画里了……我还是觉得外面好。”

从王宫到海边有一个白天的路程，但公主一行不敢走大道，遇到城镇就绕开，所以直到半夜才到达。

露珠公主从来没有见过这样广阔的星空，也第一次领略了夜的黑暗和寂静，车上的火把只能照亮周围一小块地方。再往远处，世界就是一大块模糊的黑天鹅绒。马蹄声很响，像要把星星震下来。公主突然拉住卫队长，让他把马车停下。

“听，这是什么声音？像巨人的呼吸。”

“公主，这是海的声音。”

又前行了一段，公主看到两旁有许多在夜色中隐约可见的物体，像一根根大香蕉。

“那些是什么？”她问。

卫队长又停下车，取下车上的火把走到最近的一个旁边，“公主，你应该认识这个的。”

“船？”

“是的，公主，是船。”

“可船为什么在陆地上？”

“因为海里有饕餮鱼。”

在火把的光芒中可以看到，这艘船已经很旧了，船身被沙子埋住一半，露在外面的部分像巨兽的白骨。

“啊，看那里！”公主又指着前方惊叫，“好像有一条白色的大蛇！”

“不要怕公主，那不是蛇，是海浪，我们到海边了。”

公主和为她打伞的宽姨一起下车，她看到了大海。她以前只在画中见过海，那画的是蓝天下的蓝色海洋，与这夜空下的黑色海洋完全不同，这泛着星光的博大与神秘，仿佛是另一个液态的星空。公主不由自主地向海走去，却被卫队长和宽姨拦住了。

“公主，离海太近危险。”卫队长说。

“我看前面水不深，能淹死我吗？”公主指指沙滩上的白浪说。

“海里有饕餮鱼，它们会把你撕碎吃掉的！”宽姨说。

卫队长拾起一块破船板，走上前去把船板扔到海中。船板在海面晃荡了几下，很快附近一个黑影浮出水面向它扑去，由于大部分在水下，看不出那东西的大小，它身上的鳞片在火把的光中闪亮。紧接着又有三四个黑影飞快地游向船板，在水中争抢成一团，伴随着哗哗的水声，可以听到利齿发出的咔嚓咔嚓声，仅一转眼的工夫，黑影和船板都不见了。

“看到了吗？它们能在很短的时间里把一艘大船咬成碎片。”卫队长说。

“墓岛呢？”宽姨问。

“在那个方向，”卫队长指指黑暗的水天相连处，“夜里看不见，天一亮就能看见。”

他们在沙滩上露营。宽姨把伞交给卫队长打，从马车上拿下一个小木盆。

“公主呀，今天是不能洗澡了，可你至少该洗洗脸的。”

卫队长把伞交还给宽姨，说他去找水，就拿着盆消失在夜色中。

“他是个好小伙子。”宽姨打着哈欠说。

卫队长很快回来，不知从什么地方打来了一盆清水。宽姨为公主洗脸，她拿一块香皂在水中只蘸了一下，一声轻微的吱啦声后，盆面立刻堆满了雪白的泡沫，鼓出圆圆的一团，还不断地从盆沿溢出来。

卫队长盯着泡沫看了一会儿，对宽姨说：“让我看看那块香皂。”

宽姨从包裹中小心翼翼地拿出一块雪白的香皂，递给卫队长，“拿好了，它比羽毛还轻，一点儿分量都没有，一松手就飘走了。”

卫队长接过香皂，真的感觉不到一点儿分量，像拿着一团白色的影子。“这还真是赫尔辛根默斯肯香皂，现在还有这东西？”

“我只有两块了，整个王宫，我想整个王国，也只剩这最后两块了，是我早些年特意给公主留的。唉，赫尔辛根默斯肯的东西都是好东西，可惜现在越来越少了。”宽姨说着，把香皂拿回来小心地放回包裹中。

看着那团白泡沫，公主在出行后第一次回忆起王宫中的生活。每天晚上，在她那精美华丽的浴宫中，大浴池上就浮着一大团这样的泡沫，灯光从不同方向照来，大团泡沫忽而雪白，像从白天的天空中抓来的一朵云；忽而变幻出霓彩，像宝石堆成的。泡到那团泡沫中，公主会感到身体变得面条般柔软，感到自己在融化，成了泡沫的一部分，那舒服的感觉让她再也不想动弹，只能由女仆把她抱出去擦干，再抱她去床上睡觉。那种美妙的感觉可以一直持续到第二天早晨。

现在，公主用赫尔辛根默斯肯香皂洗过的脸很轻松很柔软，身上却僵硬而疲劳。随便吃了些东西后，她便在沙滩上躺下，开始时铺了一张毯子，后来发现直接躺到沙上更舒服。柔软的沙层带着白天阳光的温度，她感觉像被一只温暖的大手捧在手心，涛声像催眠曲，她很快睡着了。

不知过了多长时间，露珠公主被一阵铃声从无梦的酣睡中惊醒，那声音是从她上方旋转的黑伞中发出的。宽姨睡在她旁边，打伞的是卫队长，火把已经熄灭，夜色像天鹅绒般笼罩着一切，卫队长是星空背景前的一个剪影，只有他的盔甲映出星光，还可以看到海风吹起他的头发。伞在他的手中稳稳地旋转着，像一个小小的穹顶遮住了一半夜空。她看不见他的眼睛，但能感觉到他的目光，他与无数眨眼的星星一起看着自己。

"对不起公主，我刚才转得太快了。"卫队长低声说。

"现在什么时间了？"

"后半夜了。"

"我们离海好像远了。"

"公主，这是退潮，海水后退了，明天早上还会涨起来。"

"你们轮流为我打伞吗？"

"是的，公主，宽姨打了一白天，我夜里多打一会儿。"

"你也驾了一天车，让我自己打一会儿伞，你也睡吧。"

说出这些话后，露珠公主自己也有些吃惊，在她的记忆里，这是自己第一次为别人着想。

"那不行，公主，你的手那么细嫩，会磨起泡的，还是让我为你打伞吧。"

"你叫什么名字？"

同行已经一天，她现在才问他的名字。放在以前她会觉得很正常，甚至永远不问都很正常，但现在她为此有些内疚。

"我叫长帆。"

"帆？"公主转头看看，他们现在是在沙滩上的一艘大船旁边，这里可以避海风。与其他那些搁浅在海滩上的船不同，这艘船的桅杆还在，像一把指向星空的长剑。“帆是不是挂在这根长杆上的大布？”

“是的，公主，那叫桅杆，帆挂在上面，风吹帆推动船。”

“帆在海面上雪白雪白的，很好看。”

“那是在画中吧，真正的帆没有那么白的。”

“你好像是赫尔辛根默斯肯人？”

“是的，我父亲是赫尔辛根默斯肯的建筑师，在我很小的时候，他带着全家来到了这里。”

“你想回家吗，我是说赫尔辛根默斯肯？”

“不太想，我小时候就离开那里，记得不太清了，再说想也没用，现在永远也不可能离开无故事王国了。”

远处，海浪哗哗地喧响，仿佛在一遍遍地重复着长帆的话：永远不可能离开，永远不可能离开……

“给我讲讲外面世界的故事吧，我什么都不知道。”公主说。

“你不需要知道，你是无故事王国的公主，王国对你来说当然是无故事的。其实，公主，外面的人们也不给孩子们讲故事，但我的父母不一样，他们是赫尔辛根默斯肯人，他们还是给我讲了一些故事的。”

“其实父王说过，无故事王国从前也是有故事的。”

“是的……公主，你知道王国的周围都是海吧，王宫在王国的中心，朝任何一个方向走，最后都会走到海边，无故事王国就是一个大岛。”

“这我知道。”

“以前，王国周围的海不叫饕餮海，那时海中没有饕餮鱼，船可以自由地在海上航行，无故事王国和赫尔辛根默斯肯之间每天都有无数的船只来往。那时无故事王国其实是叫故事王国，那时的生活与现在很不一样。”

“嗯？”

“那时生活中充满了故事，充满了变化和惊奇。那时，王国中有好几座繁华的城市，王宫的周围不是森林和田野，而是繁华的首都。城市中到处可见来自赫尔辛根默斯肯的奇珍异宝和奇异器具。无故事王国，哦不，故事王国的物产也源源不断地从海上运往赫尔辛根默斯肯。那时，人们的生活变幻莫测，像骑着快马在山间飞奔，时而冲上峰顶，时而跌入深谷，充满了机遇和危险。穷人可能一夜暴富，富豪也可能转眼赤贫，早晨醒来，谁也不知道今天要发生什么事，要遇到什么样的人。到处是刺激和惊喜。

“但有一天，一艘来自赫尔辛根默斯肯的商船带来一种珍奇的小鱼，这种鱼只有手指长，黑色的，貌不惊人，装在坚硬的铸铁水桶中。卖鱼的商人在王国的集市上表演，他将一把剑伸进铁桶中的水里，只听到一阵刺耳的‘咔嚓咔嚓’声，剑再抽出来时已被咬成了锯齿状。这种鱼叫饕餮鱼，是一种内陆的淡水鱼，生长在赫尔辛根默斯肯岩洞深处黑暗的水潭中。饕餮鱼在王国的市场上销路很好，因为它们的牙齿虽小，但像金刚石一样坚硬，可做钻头；它们的鳍也很锋利，能做箭头或小刀。于是，越来越多的饕餮鱼从赫尔辛根默斯肯运到了王国。在一次台风中，一艘运鱼船在王国沿海失事沉没，船上运载的二十多桶饕餮鱼全部倾倒进了海中。

“人们发现，饕餮鱼在海中能够飞快地生长，长得比在陆地上要大得多，能达到一人多长，同时繁殖极快，数量飞速增加。饕餮鱼开始啃食所有漂浮在海面上的东西，没来得及拖上岸的船，不管多大，都被啃成碎片，当一艘大船被饕餮鱼群围住时，它的船底很快被啃出大洞，连沉没都来不及，就在海面上被咬成碎片，像融化掉一般。鱼群在故事王国的沿海环游，很快在王国周围的海中形成一道环形的屏障。

“故事王国就这样被周围海域中的饕餮鱼包围，沿海已成为死亡之地，不再有任何船只和风帆，王国被封闭起来，与赫尔辛根默斯肯和整个外部世界断绝了一切联系，过起了自给自足的田园生活。繁华的城市消失了，变成小镇和牧场，生活日渐宁静平淡，不再有变化，不再有刺激和惊喜，昨天像今天，今天像明天。人们渐渐适应了这样的日子，不再向往其他的生活。对过去的记忆，就像来自赫尔辛根默斯肯的奇异物品那样日渐稀少，人们甚至有意地忘记过去，也忘记现在。总的来说就是再不要故事了，建立了一个无故事的生活，故事王国也就变成了无故事王国。”

露珠公主听得入了迷，长帆停了好久，她才问：“现在海洋上到处都有饕餮鱼吗？”

“不，只是无故事王国的沿海有，眼神好的人有时能看到海鸟浮在离岸很远的海面上捕食，那里没有饕餮鱼。海洋很大，无边无际。”

“就是说，世界除了无故事王国和赫尔辛根默斯肯，还有别的地方？”

“公主，你认为世界只有这两个地方吗？”

“小时候我的宫廷老师就是这么说的。”

“这话连他自己都不信。世界很大，海洋无边无际，有无数的岛屿，有的比王国小，有的比王国大，还有大陆。”

“什么是大陆？”

“像海洋一样广阔的陆地，骑着快马走几个月都走不到边。”

“世界那么大？”公主轻轻感叹，又突然问道，“你能看到我吗？”

“公主，我现在只能看到你的眼睛，那里面有星星。”

“那你就能看到我的向往，真想乘着帆船在海上航行，到很远很远的地方去。”

“不可能了，公主，我们永远不可能离开无故事王国，永远不能……你要是怕黑，我可以点上火把。”

“好的。”

火把点燃后，露珠公主看着卫队长，却发现他的目光投向了别的地方。

“你在看什么？”公主轻声问。

“那里，公主，你看那个。”

长帆指的是公主身边一小丛长在沙里的小草，草叶上有几颗小水珠，在火光中晶莹地闪亮。

“那叫露珠。”长帆说。

“哦，那是我吗？像我吗？”

“像你，公主，都像水晶一样美丽。”

“天亮后它们在太阳光下会更美的。”

卫队长发出一声叹息，很深沉，根本没有声音，但公主感觉到了。

“怎么了，长帆？”

“露珠在阳光下会很快蒸发消失。”

公主轻轻点点头，火光中她的目光黯然了，“那更像我了，这把伞一合上，我就会消失，我就是阳光下的露珠。”

“我不会让你消失的，公主。”

“你知道，我也知道，我们到不了墓岛，也不可能把深水王子带回来。”

“要是那样，公主，我就永远为你打伞。

深水王子

露珠公主再次醒来时，天已经亮了，大海由黑色变成了蓝色，但公主仍然感觉与画中见过的完全不同。曾被夜色掩盖的广阔现在一览无遗，在清晨的天光下，海面上一片空旷。但在公主的想象中，这空旷并不是饕餮鱼所致，海是为了她空着，就像王宫中公主的宫殿空着等她入住一样。夜里对长帆说过的那种愿望现在更加强烈，她想象着广阔的海面上出现一叶属于她的白帆，顺风漂去，消失在远方。

现在为她打伞的是宽姨，卫队长在前面的海滩上向她们打招呼，让她们过去。等她们走去后，他朝海的方向一指说："看，那就是墓岛。"

公主首先看到的不是墓岛，而是站在小岛上的那个巨人，那显然就是深水王子。他顶天立地站在岛上，像海上的一座孤峰。他的皮肤是日晒的棕色，强健的肌肉像孤峰上的岩石，他的头发在海风中飘荡，像峰顶的树丛。他长得很像冰沙，但比冰沙强壮，也没有后者的阴郁，他的目光和表情都给人一种大海般豁达的感觉。这时太阳还没有升起，但巨人的头顶已经沐浴在阳光中，金灿灿的，像着火似的。他用巨手搭凉棚眺望着远方，有那么一瞬间，公主感觉她和巨人的目光相遇了，就跳着大喊：

"深水哥哥！我是露珠！我是你的妹妹露珠！我们在这里！"

巨人没有反应，他的目光从这里扫过，移向别处，然后放下手，若有所思地摇摇头，转向另一个方向。

“他为什么注意不到我们？”公主焦急地问。

“谁会注意到远处的三只小蚂蚁呢？”卫队长说，然后转向宽姨，“我说深水王子是巨人吧，你现在看到了。”

“可我抱着他的时候他确实是一个小小的婴儿呀！怎么会长得这么高？不过巨人好啊，谁也挡不住他，他可以惩罚那些恶人，为公主找回画像了！”

“那首先得让他知道这里发生了什么事。”卫队长摇摇头说。

“我要过去，我们必须过去！到墓岛上去！”公主抓住长帆说。

“过不去的，公主，这么多年了，没有人能够登上墓岛，那岛上也没有人能回来。”

“真想不出办法吗？”公主急得流出了眼泪，“我们到这里来就是为了找他，你一定知道该怎么办的！”

看着公主泪眼婆娑，长帆很不安，“我真的没办法，到这里来是对的，你必须远离王宫，否则就是等死，但我当初就知道不可能去墓岛。也许……可以用信鸽给他送一封信。”

“那太好了，我们这就去找信鸽！”

“但那又有什么用呢？即使他收到了信，也过不来，他虽然是巨人，到海中也会被饕餮鱼撕碎的……先吃了早饭再想办法吧，我去准备。”

“哎呀，我的盆！”宽姨叫起来，由于涨潮，海水涌上了沙滩，把昨天晚上公主洗脸用的木盆卷到了海中。盆已经向海里漂出了一段距离，盆倒扣着，里面的洗脸水在海面泛起一片雪白的肥皂泡沫。可以看到有几条饕餮鱼正在向盆游去，它们黑色的鳍像利刀一样划开水面，眼看木盆就要在它们的利齿下粉身碎骨了。

但一件不可思议的事发生了：饕餮鱼没有去啃啮木盆，而是都游进了那片泡沫中，一接触泡沫，它们立刻停止游动，全都浮上了水面，凶悍之气荡然无存，全变成了一副懒洋洋的样子，有的慢慢摆动鱼尾，不是为了游动而是表示惬意；有的则露出白色的肚皮仰躺在水面上。

三个人吃惊地看了一会儿，公主说："我知道它们的感觉，它们在泡沫中很舒服，浑身软软的像没有骨头一样，不愿意动。"

宽姨说："赫尔辛根默斯肯的香皂确实是好东西，可惜只有两块了。"

卫队长说："即使在赫尔辛根默斯肯，这种香皂也很珍贵。你们知道它是怎样造出来的吗？赫尔辛根默斯肯有一片神奇的树林，那些树叫魔泡树，都长了上千年，很高大。平时魔泡树没有什么特别之处，但如果刮起大风，魔泡树就会被吹出肥皂泡来，风越大吹出的泡越多，赫尔辛根默斯肯香皂就是用那种泡泡做成的。收集那些肥皂泡十分困难，那些泡泡在大风中飘得极快，加上它们是全透明的，你站在那里很难看清它们，只有跑得和它们一样快，才能看到它们。骑最快的马才能追上风中的泡泡，这样的快马在整个赫尔辛根默斯肯不超过十匹。当魔泡树吹出泡泡时，制肥皂的人就骑着快马顺风狂奔，在马上用一种薄纱网兜收集泡泡。那些泡泡有大有小，但即使最大的泡泡，被收集到网兜里破裂后，也只剩下肉眼都看不见的那么一小点儿。要收集几十万甚至上百万的泡泡才能造出一块香皂，但香皂中的每一个魔树泡如果再溶于水，就又能生发出上百万个泡泡，这就是香皂泡沫这么多的原因。魔泡树的泡泡都没有重量，所以真正纯的赫尔辛根默斯肯香皂也完全没重量，是世界上最轻的东西，但很贵重。宽姨的那些香皂可能是国王加冕时赫尔辛根默斯肯使团带来的赠礼，后来……"

长帆突然停止了讲述，若有所思地盯着海面。那里，在雪白的赫尔辛根默斯肯香皂的泡沫中，那几条饕餮鱼仍然懒散地躺浮着，在它们前面，是完好无损的木盆。

"好像有一个办法到墓岛上去！"长帆指着海面上的木盆说，"你们想想，那要是一只小船呢？”

“想也别想！”宽姨大叫起来，“公主怎么能冒这个险？！”

“公主当然不能去，我去。”卫队长从海面收回目光，从他坚定的眼神中，公主看出他已经下定了决心。

“你一个人去，怎样让深水王子相信你？”公主说，她兴奋得脸颊通红，

“我去，我必须去！”

“可就算你到了岛上，又怎么证明自己的身份？”卫队长打量着一身平民装束的公主说。

宽姨没有说话，她知道有办法。

“我们可以滴血认亲。”公主说。

“即使这样公主也不能去！这太吓人了！”宽姨说，但她的口气已经不是那么决绝。

“我待在这里就安全吗?”公主指着宽姨手中旋转着的黑伞说，“我们太引人注意了，冰沙很快会知道我们的行踪，在这里，我就是暂时逃过了那张画，也逃不脱禁卫军的追杀，到墓岛上反而安全些。”

于是他们决定冒险了。

卫队长从沙滩上找了一只最小的船，用马拖到水边，就在浪花刚舔到船首的地方。找不到帆，但从其他的船上找到两支旧桨。他让公主和打伞的宽姨上了船，将宽姨拿出来的赫尔辛根默斯肯香皂穿到剑上递给公主，告诉她船一下海就把香皂浸到水里。然后他向海里推船，一直推到水齐腰深的地方才跳上船全力划桨，小船载着三人向墓岛方向驶去。

饕餮鱼的黑鳍在周围的海面上出现，向小船围拢过来。公主坐在船尾，把穿在剑上的赫尔辛根默斯肯香皂浸到海水中，船尾立刻涌现一大团泡沫，在早晨的阳光中发

出耀眼的白光，泡沫团迅速膨胀至一人多高，并在船尾保持这个高度，在后面则随着船的前行扩散开来，在海面形成雪白的一片。饕餮鱼纷纷游进泡沫浮在其中，像躺在雪白的毛绒毯上一样享受着无与伦比的舒适惬意。公主第一次这么近看饕餮鱼，它们除了肚皮通体乌黑，像钢铁做成的机器，但一进入泡沫就变得懒散温顺。小船在平静的海面上前进，后面拖曳了一条长长的泡沫尾迹，像一道落在海上的白云带。无数的饕餮鱼从两侧游过来进入泡沫中，像在进行一场云河中的朝圣。偶尔也有几条从前方游来的饕餮鱼啃几下船底，还把卫队长手中的木桨咬下了一小块，但它们很快就被后面的泡沫所吸引，没有造成大的破坏。看着船后海面上雪白的泡沫云河，以及陶醉其中的饕餮鱼，公主不由得想起了牧师讲过的天堂。

海岸渐渐远离，小船向墓岛靠近。

宽姨突然喊道："你们看，深水王子好像矮了一些！"

公主转头望去，宽姨说得没错，岛上的王子仍是个巨人，但比在岸上看明显矮了一些，此时他仍背对着他们，眺望着别的方向。

公主收回目光，看着划船的长帆，他此时显得更加强健有力，强劲的肌肉块块鼓起，两支长桨在他手中像一对飞翔的翅膀，推动着小船平稳前行。这人似乎天生是一个水手，在海上显然比在陆地更加自如。

"王子看到我们了！"宽姨又喊道。墓岛上，深水王子转向了这边，一手指着小船的方向，眼中透出惊奇的目光，嘴还在动，像喊着什么。他肯定会感到惊奇，除了这只出现在死亡之海上的小船外，船后的泡沫扩散开来，向后宽度逐渐增大，从他那个高度看过去，海面上仿佛出现了一颗拖着雪白彗尾的彗星。

他们很快知道王子并非对他们喊话，他的脚下出现了几个正常身高的人。从这个距离上，他们看上去很小，脸也看不清，但肯定都在朝这个方向看，有的还在挥手。

墓岛原是个荒岛，没有原住民。二十年前，深水去岛上钓鱼时，陪同他的有一名监护官、一名王宫老师、几名护卫和仆从。他们刚上岛，成群的饕餮鱼就游到这片沿海，封死了他们回王国的航路。

他们发现，现在王子看上去又矮了一些，似乎小船距海岛越近，王子就越矮。

小船渐渐接近岛岸，可以看清那些正常身高的人了，他们共八个人，大部分都穿着和王子一样的用帆布做的粗糙衣服，其中有两个老者穿着王宫的制服，但都已经很破旧了，这些人大都挂着剑。他们向海滩跑来，王子远远地跟在后面，这时，他看去仅有其他人的两倍高，不再是巨人了。

卫队长加速划行，小船冲向岛岸，一道拍岸浪像巨手把小船向前推，船身震动了一下，差点把公主颠下船去，船底触到了沙滩。那些已经跑到海滩上的人看着小船犹豫不前，显然是怕水中的饕餮鱼，但还是有四个人跑上前来，帮忙把船稳住，扶公主下船。

“当心，公主不能离开伞！”下船时宽姨高声说，同时使伞保持在公主上方，她这时打伞已经很熟练了，用一只手也能保持伞的旋转。

那些人毫不掩饰自己的惊奇，时而看看旋转的黑伞，时而看看小船经过的海面——那里，赫尔辛根默斯肯香皂的白沫和浮在海面的无数饕餮鱼形成了一条黑白相间的海路，连接着墓岛和王国海岸。

深水王子也走上前来，这时，他的身高与普通人无异，甚至比这群人中的两个高个子还矮一些。他看着来人微笑着，像一个宽厚的渔民，但公主却从他身上看到了父王的影子，她扔下剑，热泪盈眶地喊道：“哥哥，我是你的妹妹露珠！”

“你像我的妹妹。”王子微笑着点点头，向公主伸出双手。但几个人同时阻止了公主的靠近，把三位来者与王子隔开，其中有人佩剑已出鞘，警惕地盯着刚下船的卫队长。后者没有理会这边的事，只是拾起公主扔下的剑察看，为了避免对方误会，他小心地握着剑尖，发现经过这段航程，那块穿在剑上的赫尔辛根默斯肯香皂只消耗了三分之一左右。

“你们必须证实公主的身份。”一位老者说，他身上破旧的制服打理得很整齐，脸上饱经风霜，但留着像模像样的胡须，显然在这孤岛岁月中他仍尽力保持着王国官员的仪表。

“你们不认识我了吗？你是暗林监护官，你——”宽姨指指另一位老者，

“是广田老师。”

两位老者都点点头。广田老师说：“宽姨，你老了。”

“你们也老了。”宽姨说着，腾出一只转伞的手抹眼泪。

暗林监护官不为所动，仍一丝不苟地说：“二十多年了，我们一点都不知道王国发生了什么，所以还是必须证实公主的身份。”他转向公主，“请问您愿意滴血认亲吗？”

公主点点头。

“我觉得没必要，她肯定是我的妹妹。”王子说。

“殿下，必须这样做。”监护官说。

有人拿来两把很小的匕首，给监护官和老师每人一把。与这些人锈迹斑斑的佩剑不同，两把匕首寒光闪闪，像新的一样。公主伸出手来，监护官用匕首在她白嫩的食指上轻轻划了一下，用刀尖从破口取了一滴血。广田老师也从王子的手指上取了血样，监护官从老师手中拿过匕首，小心翼翼地把刀尖上的两滴血混在一起，血立刻变成了纯蓝色。

“她是露珠公主。”监护官庄重地对王子说，然后同老师一起向公主鞠躬。其他的几个人都扶着剑柄单膝跪下，然后站起来闪到一边，让王子和公主兄妹拥抱在一起。

“小时候我抱过你，那时你才这么大。”王子比画着说。

公主向王子哭诉王国已经发生的事，王子握着她的手静静地听着，他那饱经风霜但仍然年轻的脸上表情一直从容镇定。

大家都围在王子和公主周围，静静地听着公主的讲述，只有卫队长在做着一件奇怪的事。他时而快步跑开，在海滩上跑到很远的地方看着王子，然后又跑回来从近前看他，如此反复好几次，后来宽姨拉住了他。

“还是我说得对，王子不是巨人吧。”宽姨指指王子低声说。

“他既是巨人又不是巨人。”卫队长也压低声音说，“是这样的：我们看一般的人，他离得越远在我们眼中就越小，对吧？但王子不是这样，不管远近，他在我们眼中的大小都是一样的，近看他是普通身高，远看还是这么高，所以远看就像巨人了。”

宽姨点点头，“好像真是这样。”

听完公主的讲述，深水王子只是简单地说：“我们回去。”

回王国的船有两只，王子与公主一行三人坐在小船上，其余八人乘另一只更大些的船，是二十年前载着王子一行来墓岛的船，有些漏水，但还能短程行驶。在来时的航道中，泡沫消散了一些，但无数的饕餮鱼仍然浮在海面上很少动弹，有些饕餮鱼被船头撞上，或被桨碰到，也只是懒洋洋地扭动几下，没有更多的动作。大船破旧的帆还能用，在前面行驶，从漂浮一片的饕餮鱼群中为后面的小船开出一条路来。

“你最好还是把香皂放到海里，保险一些，万一它们醒过来怎么办？”宽姨看着船周围黑压压的饕餮鱼，心有余悸地说。

公主说：“它们一直醒着，只是很舒服，懒得动。香皂只剩一块半了，不要浪费，而且我以后再也不用它洗澡了。”

这时，前面的大船上有人喊道：“禁卫军！”

在远处王国的海岸上出现了一支马队，像黑压压的潮水般涌上海滩，马上骑士的盔甲和刀剑在阳光中闪亮。

“继续走。”深水王子镇定地说。

“他们是来杀我们的。”公主的脸色变得苍白。

“不要怕，没事的。”王子拍拍公主的手说。

露珠公主看着哥哥，现在她知道他更适合当国王。

由于是顺风，尽管航道上有懒洋洋漂浮着的饕餮鱼阻碍，回程也快了许多。当两艘船几乎同时靠上海滩时，禁卫军的马阵围拢过来，密集地挡在他们面前，像一堵森严的墙壁。公主和宽姨都大惊失色，但经验丰富的卫队长却把提着的心多少放下一些，他看到对方的剑都在鞘中，长矛也都竖直着；更重要的是，他看到了那些马上的禁卫军士兵的眼睛，他们都身着重甲，面部只露出双眼，但那些眼睛越过他们盯着海面上那漂浮着饕餮鱼的泡沫航道，目光中都露出深深的敬畏。一名军官翻身下马，向刚靠岸的船跑来。大船上的人都跳下船，监护官、老师和几名执剑的卫士把王子和公主挡在后面。

“这是深水王子和露珠公主，不得无礼！”监护官暗林对禁卫军举起一只手臂大声说。

跑过来的军官一手扶着插在沙滩上的剑，对王子和公主行单膝礼，“我们知道，但我们奉命追杀公主。”

“露珠公主是合法的王位继承人！而冰沙是谋害国王的逆贼！你们怎么能听他的调遣？！”

“我们知道，所以我们不会执行这个命令，但，冰沙王子已经于昨天下午加冕为国王，所以，禁卫军现在也不知道该听谁的指挥。”

监护官还想说什么，但深水王子从后面走上前来制止了他，王子对军官说：“这样吧，我和公主与你们一起回王宫，等见到冰沙后，把事情做个了结。”

在王宫最豪华的宫殿中，头戴王冠的冰沙正在同忠于他的大臣们纵酒狂欢。突然有人来报，说深水王子和露珠公主统帅禁卫军从海岸急速向王宫而来，再有一个时辰就到了。宫殿中顿时陷入一片死寂。

“深水？他是怎么过海的？难道他长了翅膀？”冰沙自语道，但并没有像其他人那样面露惊恐，“没什么，禁卫军不会受深水和露珠指挥，除非我死了……针眼画师！”

随着冰沙的召唤，针眼画师从暗处无声地走出，他仍然穿着那身灰斗篷，显得更瘦小了。

“你，带上雪浪纸和绘画工具，骑快马去深水来的方向，看他一眼，然后把他画下来。你见到深水很容易，不用靠近他，他在天边一出现你就能远远看到的。”

“是，我的王。”针眼低声说，然后像老鼠一样无声地离去了。

“至于露珠，一个女孩子，成不了大气候，我会尽快把她的那把伞抢走的。”冰沙说着，又端起酒杯。

宴会在压抑的气氛中结束，大臣们忧心忡忡地离去，只剩下冰沙一人阴郁地坐在空荡荡的大厅中。

不知过了多长时间，冰沙看到针眼画师走了进来，他的心立刻提了起来，不是因为针眼两手空空，也不是因为针眼的样子——画师看上去并没有什么变化，仍是那副小心翼翼的敏感模样，而是因为他听到画师的脚步声。以前，画师走路悄无声息，像灰鼠一般从地面滑过，但这一刻，冰沙听到他发出了吧嗒吧嗒的脚步声，像难以抑制的心跳。

“我的王，我见到了深水王子，但我不能把他画下来。”针眼低着头说。

“难道他真的长了翅膀？”冰沙冷冷地问。

“如果是那样我也能画下他，我能把他翅膀的每一根羽毛都画得栩栩如生，但，我的王，深水王子没有长翅膀，比那更可怕：他不符合透视原理。”

“什么是透视？”

“世界上所有的景物，在我们的视野中都是近大远小，这就是透视原理。我是西洋画派的画师，西洋画派遵循透视原理，所以我不可能画出他。”

“有不遵循透视原理的画派吗？”

“有，东方画派，我的王，你看，那就是。”针眼指指大厅墙上挂着的一幅卷轴水墨画，画面上是淡雅飘逸的山水，大片的留白似雾似水，与旁边那些浓墨重彩的油画风格迥异，“你可以看出，那幅画是不讲究透视的。可是我没学过东方画派，空灵画师不肯教我，也许他想到了这一天。”

“你去吧。”王子面无表情地说。

“是，我的王，深水王子就要到王宫了，他会杀了我，也会杀了你。但我不会等着让他杀死，我将自我了断，我要画出一幅登峰造极的杰作，用我的生命。”针眼画师说完就走了，他离去时的脚步再次变得悄无声息。

冰沙招来了侍卫，说：“拿我的剑来。”

外面传来密集的马蹄声，开始隐隐约约，但很快逼近，如暴雨般急骤，最后在宫殿外面戛然而止。

冰沙站起身，提剑走出宫殿。他看到深水王子正走上宫殿前长长的宽石阶，露珠公主跟在他后面，宽姨为她打着黑伞。在石阶下面的广场上，是黑压压的禁卫军阵列，军队只是沉默地等待，没有明确表示支持哪一方。冰沙第一眼看到深水王子时，他有普通人的一倍身高，但随着他在台阶上越走越近，身高也在冰沙的眼中渐渐降低。

有那么一瞬间，冰沙的思绪回到了二十多年前的童年。那时，他已经知道了饕餮鱼群正在游向墓岛海域，但还是诱骗深水去墓岛钓鱼。当时父王在焦虑中病倒了，他告诉深水，墓岛有一种鱼，做成的鱼肝油能治好父王的病。一向稳重的深水竟然相信了他，结果如他所愿一去不返，王国里没人知道真相，这一直是他最得意的一件事。

冰沙很快打断思绪回到现实，深水已经走上宫殿前宽阔的平台，他的身高已与正常人差不多了。

冰沙看着深水说："我的哥哥，欢迎你和妹妹回来，但你们要明白，这是我的王国，我是国王，你们必须立刻宣布臣服于我。"

深水一手按在腰间生锈佩剑的剑柄上，一手指着冰沙说："你犯下了不可饶恕的罪行！"

冰沙冷冷一笑，"针眼不能画出你的画像，我的利剑却可以刺穿你的心脏！"说着他拔剑出鞘。

冰沙与深水的剑术不相上下，但由于后者不符合透视原理，冰沙很难准确判断自己与对手的距离，处于明显劣势。决斗很快结束，冰沙被深水一剑刺穿胸膛，从高高的台阶上滚下去，在石阶上拖出一条长长的血迹。

禁卫军欢呼起来，他们宣布忠于深水王子和露珠公主。

与此同时，卫队长在王宫中搜寻针眼画师。有人告诉他，画师去了自己的画室。画室位于王宫僻静的一角，平时戒备森严，但由于王宫中突发的变故，守卫大部分离去，只留下了一个哨兵。此人原是长帆的部下，说针眼在半个时辰前就进了画室，一直待在里面没有出来。卫队长于是破门而入。

画室没有窗户，两个银烛台上的蜡烛大部分已经燃尽，使这里像地堡一样阴冷。卫队长没有看到针眼画师，这里空无一人，但他看到了画架上的一幅画，是刚刚完成的，颜料还未干，这是针眼的自画像。确实是一幅精妙绝伦的杰作，画面像一扇通向另一个世界的窗口，针眼就在窗的另一边望着这个世界。尽管雪浪纸翘起的一角证明这只是一幅没有生命的画，卫队长还是尽力避开画中人那犀利的目光。

长帆环顾四周，看到了墙上挂着一排画像，有国王、王后和忠于他们的大臣，他一眼就从中认出了露珠公主的画像。画中的公主让他感到这阴暗的画室如天国一般明亮起来，画中人的眼睛摄住了他的魂，使他久久陶醉其中。但长帆最后还是清醒了，他取下画，拆掉画框，把画幅卷起来，毫不犹豫地在蜡烛上点燃了。

画刚刚烧完，门开了，现实中的露珠公主走了进来，她仍然穿着那身朴素的平民衣服，自己打着黑伞。

“宽姨呢？”长帆问。

“我没让她来，我有话要对你说。”

“你的画像已经烧了。”长帆指指地上仍然冒着红光的灰烬说，“不用打伞了。”

公主让手中的伞转速慢下来，很快出现了夜莺的鸣叫声，随着伞面的下垂，鸟鸣声越来越大，也越来越急促，最后由夜莺的叫声变成寒鸦的嘶鸣，那是死神降临前的最后警告。当伞最后合上时，随着伞沿那几颗石球吧嗒的碰撞，伞安静下来。

公主安然无恙。

卫队长看着公主，长长地出了一口气，又低头看看灰烬，“可惜了，是幅好画，真该让你看看，但我不敢再拖下去了……画得真美。”

“比我还美吗？”

“那就是你。”长帆深情地说。

公主拿出了那一块半赫尔辛根默斯肯香皂，她一松手，没有重量的雪白香皂就像羽毛似的飘浮在空气中。

“我要离开王国，去大海上航行，你愿意跟我去吗？”公主问。

“什么？深水王子不是已经宣布，你明天要加冕为女王吗？他还说他会全力辅佐你的。”

公主摇摇头，“哥哥比我更适合当国王，再说，如果不是被困墓岛，王位本来就应该由他继承。他如果成为国王，站在王宫的高处，全国都能看到他。而我，我不想当女王，我觉得外面比王宫里好，我也不想一辈子都待在无故事王国，想到有故事的地方去。”

“那种生活艰难又危险。”

“我不怕。”公主的双眼在烛光中焕发出生命的光芒，让长帆感到周围又亮了起来。

“我当然更不怕，公主，我可以跟着你到海的尽头，到世界尽头。”

“那我们就是最后两个走出王国的人了。”公主说着，抓住了那一块半飘浮的香皂。

“这次我们乘帆船。”

“对，雪白的帆。”

第二天早晨，在王国的另一处海岸上，有人看到海中出现了一张白帆，那艘帆船后面拖曳着一道白云般的泡沫，在朝阳中驶向远方。

以后，王国中的人们再也没有得到露珠公主和长帆的消息。事实上王国得不到任何外界的消息，公主带走了王国中最后一块半赫尔辛根默斯肯香皂，再也没有人能够冲破饕餮鱼的封锁。但没有人抱怨，人们早已习惯了这样的生活，这个故事结束后，无故事王国永远无故事了。

但有时夜深人静，也有人讲述不是故事的故事，那是对露珠公主和长帆经历的想象。每个人的想象都不一样，但人们都认为他俩到过无数神奇的国度，还到过像大海一样广阔的陆地，他们永远在航行和旅途中，不管走到哪里，他们总是幸福地生活在一起。